AF357395

Vente des Mercredi 26 et Jeudi 27 Décembre 1888

A DEUX HEURES PRÉCISES

HOTEL DROUOT, SALLE N° 2

TABLEAUX

ANCIENS

Des différentes Écoles

EXPOSITION PUBLIQUE

Le Mardi 25 Décembre 1888, de 2 heures à 5 heures

COMMISSAIRE-PRISEUR :	EXPERT :
Me AUGUSTE DEGAS	M. EUG. FÉRAL, peintre
Rue Richer, 17	Faubourg Montmartre, 54

PARIS — 1888

IMPRIMERIE MAULDE ET RENOU

A. MAULDE & Cᶦᵉ

IMPRIMEURS DE LA COMPAGNIE DES COMMISSAIRES-PRISEURS

Rue de Rivoli, 144

VENTE JUDICIAIRE

AUX ENCHÈRES PUBLIQUES

DE

TABLEAUX

ANCIENS

Des différentes Écoles

HOTEL DROUOT, SALLE N° 2

Les Mercredi 26 et Jeudi 27 Décembre 1888

À DEUX HEURES PRÉCISES

Par le ministère de **Mᵉ Auguste DEGAS**, Commissaire-Priseur
à Paris. rue Richer, 17

Assisté de **M. E. FÉRAL**, Peintre-Expert. à Paris
faubourg Montmartre, 54

EXPOSITION PUBLIQUE

Le Mardi 25 Décembre 1888, de 2 heures à 5 heures

PARIS — 1888

CONDITIONS DE LA VENTE

—

Elle sera faite au comptant.

Les Acquéreurs paieront, en sus des enchères, CINQ POUR CENT applicables aux frais.

Eu égard à la nature de la Vente, il ne sera admis aucune réclamation après l'adjudication prononcée.

DÉSIGNATION

TABLEAUX

—

BOTTICELLI (Attribué à

1 — Lé Christ en Croix et les Saintes Femmes.

BOTTICELLI (Attribué à)

2 — La Vierge et l'Enfant Jésus.

BOUCHER Genre de

3 — La Toilette de Vénus. — Diane.

Deux pendants.

BOUCHER (D'après)

4 — Trois Panneaux décoratifs.

BRAUWER (Genre de)

5 — Intérieur de Tabagie.

BRONZINO (Attribué au)

6 — Portrait de Jeune Femme touchant du Clavecin.

CARMISSERO

7 — Enfant tenant une Colombe.

CARRACHE

8 — Vierge et Enfant Jésus.

CHAMPAGNE (D'après Philippe de)

9 — Portrait d'un Magistrat.

COYPEL (Ch.

10 — Joueurs de Tric-Trac.

COYPEL

11 — Flore et Zéphir.

Forme ovale.

DESPORTES (Attribué à

12 — Portrait d'Homme, en costume de Chasse.

DROUAIS (Attribué à)

13 — Portrait de Femme, en robe bleue.

Pastel.

DUBOIS

14 — Portrait présumé de Mme de Pompadour.

Pastel.

FRANCK

15 — Vertumne et Pomone. — Vénus et l'Amour

Deux pendants.

GALLAIT

16 — Un Cardinal.

Aquarelle.

GILLOT

17 — Panneau décoratif.

GREUZE (École de)

18 — Portrait de jeune Femme appuyée sur un coussin.

Forme ovale.

HELST (Attribué à Vander)

19 — Portrait présumé du poëte Catz.

HENSIUS (Genre de)

20 — Jeune Femme tenant des fleurs.

HENSIUS (Genre de)

21 — Jeune Femme avec robe bleue.

HENSIUS (Genre de)

22 — Jeune Femme avec manteau et fourrures.

HOLBEIN (École de)

23 — Portrait de femme.

HOLBEIN (Attribué à)

24 — Portrait du Duc de Nassau.

HUYSMANS (Genre de)

25 — Paysage.

HUYSMANS (Genre de)

26 — Paysage

Cadre en bois sculpté.

KESSEL Van

27 — Des Singes.

KUILENBURG

28 — Baigneuses dans des rochers.

LARGILLIÈRE

29 — Portrait de Femme.

LARGILLIÈRE (Genre de

30 — Portrait de Jeune fille.

LARGILLIÈRE (Genre de

31 — Portrait de Jeune femme en chasseresse.

LARGILLIÈRE (Genre de)

32 — Portrait de Femme.

LÉLIE

33 — Portrait de Jeune fille.

LEMOINE (Genre de)

34 — Sujet mythologique.

LIBERMAN

35 — Les Faneuses.

MABUSE (Attribué à

36 — La Vierge et l'Enfant Jésus.

MARTINUS

37 — Cerf dans un Paysage.

MIGNARD (D'après)

38 — Portrait de Louis XIV.

MORALÈS (D'après)

39 — Le Christ au Roseau.

MURILLO (D'après)

40 — La Vierge.

NILSON (Attribué à)

41 — Femme tenant un Nid d'oiseaux.

OSTADE (Attribué à Van)

42 — Paysage avec Figures.

PÉRUGIN (École du)

43 — La Vierge et l'Enfant Jésus.

PORBUS (Attribué à

44 — Tête de Femme.

RAOUX (D'après

45 — Le Concert

Dessus de porte

RAVESTEIN (Genre de

46 — Portrait d'une Dame Hollandaise.

REMBRANDT (D'après

47 — Sujet biblique.

REMBRANDT D'après

48 — Portrait du Doreur.

REMBRANDT (Genre de

49 — Un Philosophe.

RIGAUD (Genre de

50 — Portrait de Femme.

ROOS DE TIVOLI

51 — Paysage et Animaux.

SOLIMÈNE

52 — Sujet de l'Histoire romaine.

TÉNIERS (Genre de)

53 — Buveurs.

TÉNIERS (Genre de)

54 — Personnages devant des Chaumières hollandaises.

TÉNIERS (Genre de)

55 — Intérieur de Tabagie.

TÉNIERS (Genre de)

56 — Paysans.

Deux Pendants.

TINTORET (Attribué au)

57 — Portrait d'un Doge.

TITIEN (D'après le)

58 — Portrait présumé de Christophe Colomb.

VÉLASQUEZ (D'après)

59 — Un Sculpteur.

VINCI (Léonard de)

60 — La Nativité.

VOS (Martin de)

61 — Saint Jérôme.

WATTEAU D'après

62 — Cinq Dessins.

Encre de Chine.

WOUVERMANS (D'après)

63 — Choc de Cavalerie.

ÉCOLE ALLEMANDE ANCIENNE

64 — Un Sacrifice.

ÉCOLE ANGLAISE

65 — Méditation.

ÉCOLE FLAMANDE

66 — Portrait de petite Fille.

ÉCOLE FRANÇAISE

67 — Portrait de Marie Leczinska.

ÉCOLE FRANÇAISE

68 — Intérieur sous Louis XVI.

ÉCOLE FRANÇAISE

69 — Portrait du Cardinal de Polignac.

Composition allégorique.

ÉCOLE FRANÇAISE

70 — Portrait d'Homme.

ÉCOLE FRANÇAISE

71 — Marine. — Soleil couchant.

ÉCOLE FRANÇAISE

72 — Perrette.

ÉCOLE FRANÇAISE

73 — Femme et Amours.

Esquisse.

ÉCOLE FRANÇAISE

74 — Tête d'Homme.

ÉCOLE FRANÇAISE

75 — Portrait de Femme.

ÉCOLE FRANÇAISE

76 — Portrait présumé de Louis XIII enfant, en cuirasse.

ÉCOLE FRANÇAISE

77 — Portrait présumé de M. de Talleyrand.

ÉCOLE FRANÇAISE

78 — Jeune Femme pinçant de la guitare.

ÉCOLE FRANÇAISE

79 — Portrait de Femme.

ÉCOLE FRANÇAISE

80 — Un Dessin.

ÉCOLE FRANÇAISE

81 — Un Dessin.

ÉCOLE FRANÇAISE

82 — Six Gravures : Portraits.

ÉCOLE HOLLANDAISE

83 — Figure allégorique.

ÉCOLE HOLLANDAISE

84 — Paysage et animaux au repos.

ÉCOLE HOLLANDAISE

85 — Tête d'homme.

ÉCOLE HOLLANDAISE

86 - Portrait d'un officier.

Peinture ovale.

ÉCOLE HOLLANDAISE

87 — Portrait d'homme.

ÉCOLE HOLLANDAISE

88 — Moutons au repos.

ÉCOLE ITALIENNE

89 — L'Adoration de l'Enfant Jésus.

ÉCOLE ITALIENNE

90 — Deux Personnages en prière.

ÉCOLE ITALIENNE

91 — Fleurs.

ÉCOLE ITALIENNE

92 — Portrait de l'Arétin.

ÉCOLE VÉNITIENNE

93 — Portrait de Sixte-Quint.

INCONNUS

94 — Paysage avec personnage : Effet de neige.

95 — Portrait d'Homme.

96 — Paysage et Figures.

97 — Deux Pendants : Saints Évêques.

98 — Portrait d'Homme, en grisaille.

99 — Bacchus.

100 — Un Chef africain.

101 — Vierge.

102 — Femme, Enfants et Fleurs

103 — Portrait de Philippe le Bon.

104 — Portrait de Ferdinand le Catholique.

105 — Le Christ mis au Tombeau.

106 — Les Grâces.

    Sujet allégorique.

INCONNUS

107 — Jeune Fille tenant des raisins.

108 — Portrait d'Homme (1830).

109 — Deux Panneaux de voiture chinois.

110 — Trois Éventails.

111 — Caricature.

112 — Portrait de Philippe II.
    Miniature sur vélin.

113 — Miniature moderne.

114 — Allégorie.
    Dessin à la sépia.

115 — Sous ce numéro seront vendus séparément environ 50 Tableaux anciens de différentes écoles.

A. MAULDE et Cⁱᵉ, imprimeurs de la Compagnie des Commissaires-Priseurs,
rue de Rivoli, 144.   300—92733